存生

Existence

郑羿之 著

作家出版社

郑羿之

本名郑梅，毕业于北京外国语大学，获文学学士学位，后在北京大学国家发展研究院获硕士学位。诗歌、散文创作始终不辍，多年来在起点中文网、纵横中文网、飞卢小说、晋江文学城，以及美篇等多个网络平台发表诗歌、散文、随笔和长篇小说数百首（篇）。

目录

你我那年

你我那年，
灵魂落地的一天。

错过了闪电，
劈开高山的瞬间。
竟误了终身。
没有铸成，
相看永远不厌，
千年不变，
对望的峰峦，
比肩的山巅。

你我那年，
轮回踏入春天。

忙里偷闲，
不过多看了几眼。
竟误了终身。
没能长成，
两树并排无间，
百年不变，
枝丫的参天，
根系的缠绵。

做不成山做不成树。
没想到你我那年，
终于还是遇见。
东风里人间，
不休不眠。

活成繁花深处的笑脸。

活成碧草坡上的誓言。

活成细雨街头的清减。

活成斜风故里的想念。

重入六道，

转世在万丈红尘修炼。

敢不愿修成神仙。

敢再次与你擦肩。

只等注定的邂逅，

于人海里万万千千。

正月的满月

正月的满月，
盈盈皎皎。
也许谁也想不到，
那是星辉碎片凝练的一口天井，
可以深不可测去逃。
暗夜里吸光的目标。
挂在天边的单程车票。

正月的满月，
遥遥迢迢。
也许谁也不知道，
那是时间断裂后的一抹黄色温度。

零度是忘记你，
一百度是燃烧后疯掉。
灰烬余烟袅袅。

正月的满月，
寂寂寥寥。
也许所有人都明了，
那是独活百世的不依不饶。
等着，看着，微笑；
看着，哭着，微笑；
哭着，爱着，微笑。

然后，
正月的满月，
热热闹闹。
懂不懂已经不再重要。
那是我高高挂起的心跳。
如此也好。

从此都好。

不多不少。

写给我的少年

风，从皓月上来，
无相穿透虚空，
是神力捭阖奔走。
百里摧枯拉朽，
再见星斗。
千里荡荒原，
神州落落。

雪，从神州里来。
无声蒙住萧瑟，
是冰冻睥睨而过。
一年生百草，
死生自若。

千年生豪情，
百代灼灼。

光，从百代后来，
无情却有体温，
是命运撕开蹉跎。
一明照前路，
洞若观火。
万明照天地，
四季烁烁。

少年，从四季中来，
无畏闯入宿命，
是容易感动的执着。
一诺结伴行，
山高水阔。
再诺踏风雪，
不与人说。

思念试着拨动弦月

思念试着拨动弦月，
发出清脆的一声断裂。
惊起庄周的蝴蝶，
乘着晨风过旷野，
来拍打开我的眉结。
谁陪我听今天第一首歌？
谁画我绛唇嫣红颊如雪？
谁帮我穿上生双翅的鞋？
带我跑出心有千千阙。

日出是种苏醒的自觉。
狂奔也不能化解，

孤影孑然，犹豫不决。

可还是要跑得快些。

跑过冰冰凉凉的世界，

跑过冷冷清清的长街。

跑在霞光漫天之前，

追上那已不见的弦月，

救回我想你的夜。

精灵

我是你怀中揣着的精灵。

翠绿色的懵懂，

七彩流光的聪明。

三千年前阴阳的金铭，

夏朝彝鼎，

写着几百世注定：

战与输赢，

烦恼与安宁，

撞进宿命。

从此难辨化外飞星。

我是你梦中醒着的精灵。

有宝船白帆，

电光石火的飞艇。

八千里路上耀眼的神明，

列班有请，

排着队穷思毕精：

雨与天晴，

爱憎与经营，

先礼后兵。

从此心跳扰乱视听。

我是你故事里藏着的精灵。

佩戴圣人纶巾，

扑朔迷离的水晶。

一万重心门里握枪的重兵，

矛尖盾硬，

冲锋陷阵的捷径：

瘦与丰盈，

相思与长情，

冥顽不灵。

从此只好如影随形。

二月还寒的雨水

花瓣跌落的时候，
最后望向枝头。
锲而不舍的厮守。
雨疏风骤，
共十里之外，
细雾绵稠。
你的转身回眸。
不敢开口，
我的说不出的挽留。

一样离愁，
两般的思念烦忧。

湿的可以是衣袖，
也可以是泪流。
执伞素手，
抚去停留的温柔。
不堪回首，
繁花落尽的四周。
你的不得不走。
埋在心头，
我等在原地的理由。

一样消受，
两般的欲语还休。

侘寂在等待光明

风穿过凌晨的夜景，

与我的思绪结伴而行。

红灯我们依然会停。

绿灯，

却让发动机的轰鸣，

揉花了眼睛。

喧嚣沸腾过的街景，

嘈杂包围过的长亭，

欲望攀爬过的穹顶，

热烈感染过的灯火通明，

随着夜雾尘埃落定，

陷入我一个人，

驱车而过的安静。

此刻也许该想些问题。
比如什么是爱情？
比如为什么，
四周都是黑压压的梦境，
而我却独自清醒？
据说孤独可以找到真相。
不用理想混淆视听，
不用想象塑造神性，
不用饥渴美化感情，
让宇宙的两端无限靠近，
折叠出壹与零，
编程去定义，
我个体存在的域名。

根本也许没有答案。
比如爱情可能，

是荷尔蒙造成的幻影；
是靠激素维持的水平；
是所谓前世因果的注定；
或者只是遇见不得不停。
再比如可能，
我在最深的夜里独行，
是因为上帝有句叮咛；
是命运还剩些激情；
是万物生发着菁英；
或者只是车灯融入繁星，
侘寂在等待光明，
盛开有花的心灵。

挪威的森林

应当只有箫音，
才能清远。
穿过浓密的森林，
轻唱上枝头的墨绿。
唤幽谷的云，
与林雾缠绵到晴。

应当只有竖琴，
才能婉转。
跟上跳跃的溪鸣，
漫过丛苔茸草的坡。
入翠澈湖底，

与山石温柔成水晶。

应当只有风铃，
才能生动。
敲过叶脉上的安静，
追上百兽踏月的轻盈。
奔来我面前，
点燃星星在你的眼睛。

应当还有你的歌声啊！
听，
绕过白桦扶摇不停。
引我心跳，
和你如龙吟。
在挪威的森林，
踏歌而行。

你怎么知道

你怎么知道，
雾不能在夜色里，
描画出美好的模样？
你怎么知道，
雨不能入梦境里，
轻敲出心底的歌唱？

你不见昼短夜长？
风吟着无人能懂的仓皇，
吹动一段孤独的夜航。
摇摇欲坠的帆，
左右飘忽的桨，

一叶扁舟里的渴望，
沉浮于银河上的彷徨。
只凭暗淡无光的勇敢，
幻想彼岸曼陀罗的开放。
绝处逢生的张扬，
背井离乡。
罗盘上唯一的前方，
是靠近你的方向。

你怎么知道，
耀眼星辰的荡漾，
不是覆灭梦想的巨浪？
你怎么知道，
恒久的时光，
不是隔绝你我的墙？

你不见夜短日长？
海水蒸腾出流云的倔强，

掀起暴风骤雨的疏狂。
清醒流畅的霓裳，
寂寞无聊的红装，
春秋大梦里登场，
断续在戏台上激昂。
没有一道注视与引导，
没有一声喝彩和鼓掌，
荒腔走板的乐章，
情深一往。
话本里唯一的衷肠，
是让你听见我的愿望。

你怎么知道，
真干净的大雪里，
没有埋葬谁的绝望？
你怎么知道，
晴好的阳光里，
没有正死去的悲伤？

我知道你知道我的想。

我知道你懂得我的伤。

我知道岁月静好如常，

我知道独自也能辉煌。

可你怎么知道，

没有你给的芬芳，

我不是行尸走肉在世上？

黎明来的时候请和我说

夕阳热腾腾的叮咛，
裹着灰蒙蒙出行。
焦躁不安个不停，
一缕慌忙忙的担惊。
晦暗不明。
云遮阴晴。
站得再高，
望得再远，
看不清地平线的平，
就算不准夜的黎明。

可是我和这城的心情，

还有阵痛般的清醒。

缓缓西沉的镇定，

不过是淡出世界的逃兵。

沟壑难平。

寤寐不宁。

说得再多，

想得再深，

希望只是有温度的星，

化解不了入冬要结的冰。

命运向我勾了勾手指

命运向我勾了勾手指，
我便飞蛾扑火，
无休无止。
然后，
穿过烈焰的挥斥，
你的身影狂奔而至。
亿万次的振翅，
使我欲言又止。
你电掣星驰，
是一眼千年的真实。

如何拯救，

这燃烧的意志？
如何靠近，
这烈焰的吞噬？
想不起相识，
饮春风如酒之朝日。
等不到相知，
开八荒为爱之城池。

所以让我们彼此，
熔而刚直。
化为炙热的流矢，
洞穿时间的灰烬。
激射出，
为爱赴死的，
真挚。

睡梦里做梦

长夜是暗河，
一条流动的旅程。
时间是夜河里，
无处不在的永恒。

一秒秒搏动，
是缕缕星光的奔腾。
旋起温柔如风，
乱了，
思想渴望的纷争。

以分钟，

划一圈圈涟漪，
泛起，
情愫嘘枯吹生。
到情动时心疼。

让每个小时，
轻拥在一起后触碰，
那些浑然天成，
荡漾的本能。
到情深处怕冷。

就这样吧！
爱的船篙任夜去撑。
而我，
在想你想你想你，
深不可测的漩涡里，
睡梦里做梦。

惊蛰劈开的世界

那天你踏进我的世界。
背后，
是命运噼啪扑打的蝴蝶；
是天寒彻骨飞雪的田野；
是一万五千个埋葬的日夜。
是凋敝如土将死的离别。
全被你砰的一声，
关在风里，
关进冬的终结。

从此我打开有你的世界。
忘记，

有腌臜腐败思想的分解；
有伤口淋漓心脏的凛冽；
有忽远忽近记忆的妥协；
有痛入膏肓眼盲的轻蔑。
全忽如一夜风吹雪，
放下过去，
放满花开的情节。

我知道，
这是惊蛰劈开的世界。
虽然惊蛰的雷无思无邪。
但天无垠地有涯，
长生何曾不是劫？

姑且，
你陪我等在这世界。
翻过，
那涂满泪痕日记的扉页；

那白山黑水跋涉的慰藉；

那相思成海悲悯的倾斜；

那白云苍狗错过的重叠。

你陪我还在这里。

在呼吸里热切。

在爱里不再惧怕幻灭。

香港，香港，空荡荡地忧伤

滚动的幻彩流光，
聚气升腾的欲望，
在摩天的幕墙上张皇。
粼粼漾漾闪亮，
维多利亚湾的波浪。
盈盈满满星窗，
港岛珠翠玉环的盛装。
不老的霓虹，
早不记得沿街徜徉，
你我青春的模样。
不睡的夜港，
早想不起，

我来过，

你说过，

我们有过。

相守白头的幻想。

有船夜航水线悠长，

绵绵不绝有惆怅，

在沉甸甸海上游荡。

谁穿过岁月在唱？

红磡体育馆的绝响。

谁转过身来张望？

等过我的时代广场。

不死的时尚，

凌空而起在飞翔。

不朽的情长，

在人造的繁华里安放。

早忘了吧，

你爱过，

在

巷，香港，空荡荡地忧伤

我笑过，
我们一起过。
天上人间里匆忙。

香港，香港，
华服美裳，
金碧荧煌的天堂。
为什么我还会，
在堆山积海的地方，
空荡荡地忧伤？

刺客

婆娑，

是月影的杀机。

来我梦里，

做专诸的鱼肠。

搜寻往返，

于遗忘的丛林。

一击亡我，

回去记忆的距离。

凛冽，

是奔逃的呼吸。

要离断臂，

血溅玄青罗衣。
纵使赴死，
一次，一千次，
为一刻曾有的甜蜜，
呼号求生机。

大汗淋漓。
不知心死的我，
在月色里，
睁开眼睛。
狐疑。

在一场噩梦里，刻骨的爱也可以充满悬疑；惊醒的是不是自己，还是破裂的相思洒满一地。

黑猫融入子夜

黑猫融入子夜，
警醒轻灵。
粉白一树繁花杏，
做窸窸窣窣的背景。
是猫爪还是落英，
最先触碰，
这离别的心情。
萧索入浓黑寂静，
悄无声息，
滑出他的梦境。

这是他的幸与不幸，

而立之年的爱情。
偾张如火的日子，
运转如雨布风行。
层层叠叠的压力，
难至的峰顶。
磨砺消耗于无形，
颓丧不敢停。
有心在春风里高兴。
却索然无味，
跌入凉薄的深井。
一个人疲惫，
独自的安身立命。

这是他的行与不行，
走向中年的爱情。
也渴望陪伴的身影，
想有个她来经营。
可锱铢必较也不够，

所费无计的家庭。

踯躅每一步都想赢，

除了命硬还得心硬。

也有放在心上的人，

也有几声叮咛，

想认真地听。

但每次清醒，

还是一个人的黎明。

我是她，有黑猫的眼睛。

看破黑夜，

至灵觉的边界，

去找给他些许安宁。

拥挤不堪的人间，

角落里有冰。

要铺上春逝的落英，

化涓流清清，

把他的前路冲洗干净。

世间再没有的好

我是露水生风，
长在云的怀抱。
常拈起霞的衣角，
深嗅天的味道。
依依袅袅。
膝前缠绕。
从前不懂不知道，
世间再没有的好！

春夏雨落多少，
秋冬霜降迟早。

如果风不长大，
云不会老。
绵软依靠。
温润微笑。
任性总以为还小。
世间再没有的好！

长天里烈日昭昭，
风会追不上云飘。
有天再见无期遥遥，
缘散入银汉迢迢。
纵万里横扫，
无相无消。
生死茫茫见不到，
世间再没有的好！

三生石上，
云掠风高。

吹皱烟波浩渺，

化成一只会飞的白鸟。

修得明眸玲珑窍，

一眼万年洞九霄。

只为，

忘却里寻找，

世间再没有的好！

第六个季节

冬季封冻了伤心。
遇见你，
是琉璃里的光阴。
繁华里盼雪，
踏雪，
白茫茫无垠。
错过追逐，
没有踩住，
你前行的脚印。

春季生长起相信。
找到你，

在花开次第的海滨。
春暖朝大海，
看海，
亮闪闪烁金。
迷住心情，
神不守舍。
弄丢了你的声音。

夏季伪装了殷勤。
寻找你，
满山满谷满绿茵。
只影邀明月，
恨月，
圆澄澄如银。
幻化在水，
一经触碰，
破碎了相思成瘾。

秋季萎缩了悲悯。

没有你，

走失入落叶的森林。

幽深处起风，

听风，

凄厉厉呻吟。

画地为牢，

抱火卧薪，

焚化想念到灰烬。

从此我再没有四季，

没有你，

没有了结果和原因。

第五个季节，

于我睡去时来临。

梦不到你，

四下凄凉翳阴。

无色无味的寂静，

死生之地，
这唤做荒季的迷津。

度日如年里支撑。
苟延残喘着挣扎。
拼尽，
爱你的初心，
不能相忘到如今。
可是时间忘乎所以，
颓然反复毗邻。
绝望在荒原上行进。

直到筋疲力尽，
才生出一丝温馨。
这不一样的契机，
定是神迹指引。
会不会结束，
第五季的囚禁？

会不会，
终于等到，
第六个季节，
骤然而至的福音？

于是发愿的决心，
如神亲临。
见第六个季节：
有春风吹出万物生，
有夏花开过香满城，
有秋月照进多情梦，
有冬雪留人不远征。
有挡不住的，
乾坤朗朗焕然一新。
有等得到的，
青青子衿悠悠我心。
有你，
和我的情不自禁，

熙熙然靠近，

欣欣然相爱相亲。

呼之欲出

满岸杏花细碎的私语，
漫过初柳飘柔的肌肤。
温软进人的心腹，
暖暖地溢出，
春日妩媚的顾盼自如。

呼吸间起伏，
思想是蓝澄澄的湖。
本是云上的景物，
被灵息吹拂，
荡漾在眼波里的幸福。

一个人的旅途，
也可如此欢欣鼓舞。
一刹那的永恒，
竟也这般呼之欲出。

如果迎风是一种姿态，就在风里最终摇摆出春天的方向，然后弯腰致敬，向着那些抚平幼稚褶皱的强劲，鞠躬，如同我们默然直面我们的爱情。

我是如此平凡

鹏若背翅折断，
五千里青天，
会裂成两半。
鲲若身死波澜，
堆雪拍岸，
海绕不过的山峦。
可我如此平凡，
只能用神话装饰平淡。

我是如此平凡，
伤心不过雨落的轻寒。
欢喜不过花放的短暂。

记忆不过是兜兜转转。
遗忘不过是冷冷暖暖。

我是如此平凡，
体会不了英雄的悲欢。
救赎不了别人的苦难。
抵抗不了欲望的斑斓，
逃脱不了恐惧的纠缠。

我是如此平凡，
不能改变生命的明暗。
不能见证爱情的长短。
不能留住亲密的陪伴。
不能左右人间的聚散。

可是我如此平凡，
你还是和我彼此遇见。
我如鲲之巨，

见南冥之海浩荡无边，
和你一起不需要港湾。
我如鹏之大，
扶摇九万里风雷震撼，
和你一起不需要心安。

如我这般平凡，
没有权利说出我的遗憾。
一字一句的誓言，
只是装点桂冠的花环。
倘若你见过我的平凡，
就该知道我不怕孤单。
不知你是否心甘，
是否情愿来看看，
走进我不多的时间，
来看属于我的日月年？

拾爱之荒

消遣过时光，
拾爱之荒。

无状的迷茫，
丈量，
分毫毕现的远近，
竭尽精微的短长。
肝肠寸断的颓唐，
涂去爱殇。
重新，
在温热处写上：
你是我的。

九转轮回的梦想，
延绵不绝的渴望，
昭昭彰彰。
是我的。
呼啸而来的激赏，
深藏不露的宝藏，
妥妥当当。
我的。
泯灭星光的月亮，
锦霞万丈的暖阳，
亮亮堂堂。
我，
永不示人的心房，
跳动着我们的时光。
在亘古不变中，
拾爱之荒，
到地老天荒。

地老天荒里无疆，

风雨狷狂。

吹散滚热的歌唱，

撕碎，

誓言的断句残章。

漫天胡地里飞扬。

扯起沙漠的荒凉，

掩盖字字衷肠。

凄凄惶惶，

幸存者的流浪。

坦坦荡荡，

无辜的模样。

跌跌撞撞，

靠近你身旁。

你是我的。

卑微也不曾遗忘。

是我的。

埋没也不会肮脏。

我的。

落魄也一世一双。

消遣着时光，

拾爱之荒。

独留我坐拥繁花的清明

永远有多远啊？
生死两界的思念。
桃之灼灼的韶华，
梨花胜雪的白发。

永别有多痛啊？
今生再世的断桥，
不来入梦的牵挂，
寄不出去的荣华。

忘记有多难啊？
一呼一应的简单，

骤然而至的离散，

片语无痕的羁绊。

杏雨成薰的清明！

柳媚如风的清明！

碧草盈天的清明！

独留我孑然，

坐拥繁花的清明。

锦灰成堆

严冬是一段忘却的灰。
去年夏天记忆里的青翠，
被三千里明媚找回。
又被一两场雨饮醉。
醺醺然花香可枕，
盈盈然新绿成被，
便可和衣而睡。
再不去管，
花信何人催。
往事怎可追。
只将一窗半月清辉，
在梦里揉碎，

做扑簌簌落英纷飞，

锦灰成堆。

认不出曾经的那个谁，

东风里相对。

花开花落又一年里，作一首还没有旋律的歌词。有些深情不会被人传唱，不会被人记住，不会像逢春的枯木再次鲜花盛放，但是这深情正如人世间所有的美好一样，来了，都恰逢其时。

你是你梦境里的一片回忆

你是你梦境里的一片回忆。

执念所向披靡，

断绝你醒来的距离。

你的梦是你记忆里的奇迹，

热望全力一击，

粉碎你苟活的意义。

你在碌碌无为中努力，

你在岌岌可危里博弈。

你想为平庸插上战旗，

你想给失望寻找目的。

你是你幻想里的一条笔记。

悲欢营造虚拟，
羁绊你全身心入戏。
你的幻想是你演绎的传奇，
自由力排众议，
煽动你大无畏逆袭。
你在兢兢业业后希冀，
你在默默无闻里放弃。
你从浑浑噩噩中逃避，
你为籍籍无名而叹息。

岁月在春秋中是生花妙笔，
写不尽梦想的开放和凋敝。
我见过平凡里的花开荼蘼，
风卷云舒处竟会有你消息。
当我再遇你时你已不是你，
在平淡中磨平了百感交集。

你说：

如果能有美丽的藩篱，
还弥漫着爱情的旖旎，
保护睡去时梦的权利，
就可领悟活过的真谛。

我答：
如果藩篱化作了春泥，
尘埃里也会长出生机。
睡去又醒来仍然是你，
我不老的爱等在这里。

春秋在岁月中不过是两季，
你是你我是我难说不分离。
从没听说三生三世的合意，
只要灵魂相遇时真的欢喜。
你说你不似少年一时兴起，
我答我长路漫漫何必着急。

时间不战而胜

一夜东风。
一树丁香的紫，
让思念更黏稠，
忧郁从生。
再一夜雨声，
馨白铺满，
有你的这座城。
因为有你，
我看花开是繁盛；
因为花开，
四季转身而走，
深情与世无争。

一世几相逢。

就几场搏杀入坑，

让谎言很真诚，

薄情难扔。

再几番暑热冬冷。

心事落尽，

命里阡陌纵横。

因为有你，

我还在人间里等。

因为有人间，

爱情百战不死。

时间不战而胜。

重逢不再年轻的你

我活在古老的城中日以继夜，
被拖累着变老学会缓缓呼吸。
处心积虑重逢不再年轻的你，
心念流连忘返于从前的记忆。

那时雨覆满窗前风吟得凄迷，
让灯光晕黄模糊了谁正哭泣。
没了心的爱人在离开时叹息，
失去温度的孤独就铺满枕席。

你说起曾经的难过平淡无奇，
我诠释缘分与际遇苦心孤诣。

心知肚明没有人会等在原地，
余生可期我们别再旧事重提。

我千帆过尽才想起不离不弃，
你丰神俊朗依旧愿深信不疑。

有神看来

更深月白。

寸断了，

与梦境纠缠的无奈。

皴裂了，

想塞进回忆的，

陈情旧爱。

也许……

神看来，

活着还爱，

是桩不错的买卖。

新鲜生命是成本替代。
时间往复诠释着节拍；
缘分做理由发起借贷；
离散用退场备注悲哀；
情长以终老奖励等待；
最后剩扛不动的债，
靠死亡推倒再重来。

神看来，
安有自在，
活过才知爱没有好坏。
鲜血是生命第一抹色彩。
四季斑驳却痴心不改；
尘嚣宽敞还情天恨海；
星辰闪动又日月崇拜；
众人万象竟相承一脉；
然后流光最快，
来生在想象里存在。

神看来，

三界废柴，

凭爱的虚幻任意慷慨。

宿命隐藏伪命题状态。

深情不能被岁月细筛；

思恋不敢在阳光下晒；

欢愉打出一手苦情牌；

锥心还得以诛心去猜；

结局死于活该，

神说这是劫不许逃开。

露重星矮。

打湿了，

自说自话的倦怠。

吹飞去，

凋零又想拾起，

碎了一地的，

兀自伤怀。

听见你的声音

听见你的声音流云拂过晴空，
风吹乱鬓发来捉心跳的不同。
斟酌的话语想与你心意相通，
说出口却是草长莺飞树葱茏。

每次见你在梦里都酒酽花浓，
梦却积郁成深潭再水乳交融。
一触而散我凝望深渊的从容，
落荒败走是不敢执着的初衷。

想问你困坐愁城可易守难攻？
想问你百战成灰可虽死犹荣？

想问你咫尺天涯可目断鳞鸿？
想问你白驹过隙可善始善终？

那些说不出口想见你的冲动，
是听见你声音呼吸间的沉重。

再战人间

风动万顷驰千里，
天神牧云，
催动青骢骑。
三界扬沙漫无极，
留一团白日，
与暮光为敌，
撕裂开，
日晷浑转的间隙。
万神殿的重门，
大开次第，
让审判人间的神祇，
展雷电六翼，

飞临这昏黄的大地。

身边有谎言筑起，
察觉时已壁垒高堤。
暗处是叵测堆积，
污染大江的淤泥。
背叛涡流湍急，
吞噬过往记忆。
苦难沉江河底。
欢愉忘乎所以。
幸福是唱出来的旖旎，
梦想是写出来的真理。

而我还在弱弱地爱你。
以为我们有小小秘密。
诗酒歌赋下不得枕席，
梨白桃粉挨不到荼蘼。
左怕右怕地呼吸，

吹散了人前人后的熟悉。
原为你我尚存一息，
没有你都毫无意义。

这不是扮演正义的游戏，
不用在爱情里卑躬屈膝。
选一个温暖的午后别离，
我和我的影子不必惦记。
你走后我会乘风而起，
夺彤云为赤兔马不停蹄。
我将迎向神的金戟，
凿开我的希冀，
予我心洪荒之力。
彼时自由重获生机。
再战人间所向披靡！

距离徒有其表

清风打个呼哨，
跨越着四季的无聊。
大雁深鸣欢笑，
飞翔过温差的坐标。
从来靠近只是需要，
即使长路迢迢，
即使劫数难料，
终点处怀抱里相交，
是不可言说的美妙。

仓鼠飞蹿嘶叫，
逃脱疾掠的夜鸮。

锦鲤纵身一跳，
躲过垂着饵的鱼漂。
从来思念只是毒药，
即使心如刀绞，
即使孤苦寂寥，
侥幸在一起的计较，
可将万难一笔勾销。

闪电刺破良宵，
天与地仅一步之遥。
时间调整步调，
今夕跨过往昔的桥。
从来爱上不可动摇，
即使天灾地妖，
即使虚无缥缈，
只要心念似漆如胶，
距离不过徒有其表。

距离徒有其表，

爱恨此长彼消。

命运眷顾的闪耀，

令我们恃宠而骄。

名字刻在心角，

一切不再重要。

地远水长崇山峻峭，

挡不住有双翼的鸟。

雪山化石螺

他们活过漫长，
又独自看死亡。
越过岁月，
苍茫的荒凉。
终于经历，
地老天荒的遗忘。

他们深睡入时光，
布满割爱的忧伤。
曾也是水舞清扬，
在昆布间流浪。
复又将离散悲怆，

沉沦进地底深藏。

没人聆听的合唱。
沧海桑田的跌宕。
只有她的他，
和牵他的她，
水磨爱的化石，
到雪山的心上，
闪闪发亮。

梦话的权利

黑暗是夜的浓妆。
雨后的薄雾，
轻云般流淌，
给每一盏亮着的灯光，
涂抹上迷茫，
像朦胧间湿了眼眶。
那些白日里的冠冕堂皇，
放下了嚣张，
就连谎言，
此刻也睡死成了泥塘。
脱下了装饰的梦想，
被呓语堆了一床，

等黎明来清点，
这爱恨交织的战场。

无边是夜的乖张。
从星光里铺天盖地，
月升的力量。
把人骄傲的头颅，
摁进梦乡。
或者令清醒者去想，
什么才是真的天堂？
只夜里人才肯放肯让，
肯停止丈量，
那些用权力开垦的边疆，
人类的城邦。
鳞次栉比的闪亮，
物价鲜明的宽敞。
然后人说，
这是于猪狗牛羊，

大不同如天壤。

可是在更远的远方，
有世界原本的模样。
平等在灵魂，
不在物种的想象。
那里的夜静谧安详，
没有一种伤叫作忧伤。
更没有一种自我，
可以在夜里膨胀。
所以我在惴惴，
等破晓的一片曙光。
脱下文明的伪装，
包起黑暗做行囊，
击碎夜的彷徨，
突围去自由的方向。

一本关于你我的书

如果镜子里的风景可以回溯，
攀缘四季藤蔓拨开时空迷雾。
能否捡回记忆的零星拼凑出，
描画你我笑脸生花的那部书？

写着忐忑靠近时的轻轻脚步。
写着目光柔软看的定定专注。
写着敢爱敢心碎的默默在乎。
写着各自安好后的淡淡祝福。

能不能撕去写好的结局那处，
用我走过半生的心重新录入？

或者只读风花雪月的前半部，
把后来看做雪满天地没有路？

坐拥百城你等我一页页修补，
凿壁映雪我陪你一点点重读。

题一阕月光想你

月光，

在我心底铺开，

鹅黄素笺。

想题一阕思念，

柔柔轻轻地想你。

干干净净地想你。

细细密密地想你。

但怕，

夜里雾起，

压了萧索双肩。

担不起，

这遥远的两边。

听不到，

这明亮的心弦。

又怕，

霾里风尘，

污了剪水眸眼。

看不清，

这无字的诗篇。

读不懂，

月圆，

和之后的月缺，

是无解的流年。

立夏

初恋忘了杏花白青杏里青涩，
是风的改变让她想起了惊蛰。
曾经有温暖令人睡梦里错愕，
懵懂无知一念之差爱而不得。

错过是不是种错误天人两隔？
离开是不是算看开大悟大彻？
想念是不是由执念始作俑者？
忘却是不是在冷却以怨报德？

雨在变暖风在变软晴满沟壑，
她变美他变好彼此不再苛刻。

双生火焰遥不可及以讹传讹，
其实真相迫不及待不拘一格。

他是星火燎原燃烧起的薪禾，
她是立夏时决心扑火的飞蛾。

今夜无眠

历久弥新的老城暮鼓晨钟，
两千万众生各梦各的不同。
有没有人用清醒以守为攻，
陪我这般瞪着夜故作轻松？

什么人的寂寞在震耳欲聋？
时间呼啸而过碾压了放纵。
还有谁和我一样无所适从？
想念粉碎成斑斓色即是空。

赤色染焦灼挤得一窍不通。
橙色描妄想热得水火不容。

黄色画爱而不得社燕秋鸿。
绿青蓝紫涂满了一日之冬。

你名字写进呼吸更长漏永，
我眼睛凝视空气浪迹萍踪。

三啜茶

茗叶入水的刹那，
炒青的米香，
早春的碧浆。
散开复荡漾，
涟漪着感伤。

一啜的思想，
皆如过往，
邂逅时光。
白驹过隙的微茫，
散落又飞扬，
尘埃被流放。

再啜的清凉，
亦如三生的故乡。
我飞去来兮的希望，
借晓月新黄，
见飞星外的天荒。
回不去的苍凉。

三啜的彷徨，
仿如心死的激荡。
回忆忘却方向，
清明一场，
祸起萧墙。
归入泥土的安详。

对面你青春模样，
邀我新试茶香。
壶口杯沿，

叶底明汤。
你不能见，
沉淀过的荒唐。
形骸不动的放浪。

生死无量。
我们只谈地久天长。

念念我们的从前

窗外闪闪的海面，
粼粼是骄阳的天边。
在这静静的午后，
怔怔的我，
念念我们的从前。

那时海蓝沙浅，
有风吹过年轻的脸。
心虽纵浪激昂，
眼却月半花间。
提笔流连尽诗语，
成就华章几年。

便是季候风的经意，
也带不走的欢颜。

又听到轻轻的逐浪，
难掩风的娴娴。
如果能匆匆穿越，
仅仅为相见，
那刻的执手缱绻，
脉脉无言。

向日葵的阴天，思考的盛宴

阴天的光线，

谜一样的疲倦。

云滤过雨打湿风再吹干。

落入向日葵仰起的脸，

金色的瞬间，

灰暗正消失不见。

不懂太阳何时出现，

不懂温暖怎样重演，

干净的心情守常不变。

注视风云无边，

简单的视线，

看尽气象万千。

你在我面前，
向日葵的鲜艳。
冬侵雪春含风夏生莲。
闯入我秋意凛冽的眼，
焕彩的遇见，
不一样的人间。
别猜绮梦如何铺垫，
别问美好可否实现，
你我对抗时间的体验。
任他翠消红减，
岁月的书签，
备注日月经天。

向日葵的阴天，
思考的盛宴。
你若还初心不减，
两个人的信念，
我自有冰心一片，
为你一马当先。

瑞典印象

当家乡的春天，
被夏风淹没，
达拉纳的油菜花，
正开遍阡陌。

当旅行的我们，
刚开始寂寞，
锡利扬湖的雨，
已连绵飘落。

当青春的歌声，
飞上晚霞的云朵，

乌普萨拉的河，
终于不再奔波。

当心情扬起帆，
驶向未来的轮廓，
斯德哥尔摩的湾，
等待新的停泊。

一瓣心香

慢雨微歇，
停在夜色初上。
风凝固在长街，
沁满湿润的忧伤。
嗔一份体贴，
无话可说还想，
暖暖眸光，
叙叙思量。
最不可说旧事倾斜，
擦破影子涂的墙。
渗出来是惆怅。
学着纠结，

学会后轻拿轻放，
接住梦乡。

踩碎离别，
满地只剩花香。
阑珊画尽四野，
草木也可做道场。
走三分和谐，
一别两宽地广，
郁郁模样，
匆匆顾望。
记忆的井深涵甘洌，
窨制思念入痴妄。
晃动丹枫翠篁。
试着宽解，
试过后铜驼草莽，
醉斟琼浆。

青春重叠，
再过山高水长。
收几道风景枕旁，
露白透不进窗。
惊鸿又一瞥，
八千里云苍茫，
皎皎银篌，
盈盈素妆。
浑然不似飞萤流光，
撞破心事织的网。
欲语还休怎讲？
笑着无邪，
笑过后黼黻文章，
一瓣心香。

我是你的谁

风怀揣躁动在飞，
吹开无心温柔的蔷薇。
越过底线的包围，
蔓生出粉红色的罪。

一切不再是原以为，
无关是非，
幼稚的昏聩。
百炼成钢的修为，
处变不惊的智慧，
全在绽放中摇摇欲坠。
一见历劫可悔？

再见穷途可畏？
见见之时不可追，
求你得你的梦回，
我是你的谁？

思想混乱着卑微，
权衡因失真而颓废。
我眼中你的完美，
灭天灭地的罪。
再无理由叫因为，
无关结尾，
欢喜着羞愧。
万劫不复的形影相随，
穷途末路的跋山涉水，
在一起时殊途同归。
我问你我是谁？
你又是我的谁？
末世如果审判谁，

可愿准备，

与我长身面对？

生死故乡

薄雨初凉，
是心事摩挲旧伤，
擦出秋的想象。
流光水色明亮，
行将，
老去的理想，
蜿蜒匍匐于街巷，
为我能每一步，
都踏出荡漾，
走成噼啪作响，
无伴奏的歌唱。

月白如霜，

是岁月织就的网，

捕捉了飞翔，

和用来飞的翅膀。

无量，

终一生之长，

迂回彷徨于平常，

为我能有一次，

身入天堂，

锦衣霓裳，

约你青春模样，

生死在我们的故乡。

我飞走的时候

我飞走的时候，
夏日将尽。
蜻蜓厌了菡萏，
蟋蟀倦了掐架，
忧郁结成瓜，
伤心落成花。
你没说别走，
我没回头就出发。
想着从此彼岸不见，
想着各自为家。
却发现，
回忆以牙还牙，

思念苍苍蒹葭。

我飞走的时候，
白云苍狗。
烈日蒸发了真假，
炽风吹干了双颊，
自尊卸下盔甲，
距离冲破晚霞。
少了一个人，
只有一个人，
以为过去痕迹是涂鸦，
以为从此各安天涯。
不承想，
离情风雪交加，
心绪萋萋蒹葭。

我飞走的时候，
夜销昼积。

星河从北极披挂，
夜色在南极融化，
风自东方潇洒，
雨向西方飘下。
你没道再见。
我卷起年华。
一言不发也是句话，
一刻不停奔向长大。
忘了吧！
爱得一触即发，
美得采采蒹葭。

夏夜槐花

夏夜里的槐花，
清白比馨香淡。
馥郁比扶苏暗。

一阵风过得轻，
地衣如雪碎瓣。
街披如酒阑珊。

一晌雨去得急，
六月经历温暖。
踏进光阴柔软。

一树夜深得密，
青云入怀迟缓。
琼花轻荡烂漫。

夏夜里的你啊，
翻山越岭挥汗，
拥紧一息心安。

致同学少年

如果在雨中，
遍地秋叶。
沉淀成记忆的泥泞。
掩埋过去，
纷杂中，
寂寥寥的安静。
我们还会不会，
用皱巴巴的心，
想念天晴？

如果在风中，
满目春华。

零落成半世的清平。

收藏故事，

忘却后，

孤单单的身形。

我们还会不会，

用湿漉漉的眼睛，

望向爱情？

如果从曾经到来生，

风过轻盈。

雨过天青。

我们还会不会，

手拉着手，

一起年轻？

太平

太平花下，

清香垂落，

如幽凉滑过，

初夏搏动的脉络。

繁复雀鸣，

织出绿荫间，

光线的闪烁。

对坐，

影与眸光交错。

茶酒消磨，

抵不过轻弦拨。

太平心内，

不温不火。

剩流光一桌，

情动花褪的涩果。

叶摇影疏，

轻掸去凉薄，

抚平掉落寞。

你我，

总归船骥之托。

路有尽处。

踏过再无错过。

太平年里，

风卷云沃，

有星点扑朔，

不如意处添浑浊。

情寡义多，

堪舆破离祸，

输得起落魄。

相握，

平白一分执着。

不动是佛。

落笔便成传说。

蓝鲸（一）

想你的念头，
由来已久。
终于一蹴而就，
长成名蓝鲸的海兽。
其巨如鲲首，
其忠猛若犼，
循着心机上的北斗，
在我脑海里巡游。
日夜无休。
迁延稽留。

想你化蓝鲸的时候，

永无可停靠的港口。

用忘却解忧，

孜孜以求。

击碎海市蜃楼，

捕获叫蓝鲸的愁。

其美如瀛洲，

其吹气若酒，

凭血肉生成的理由，

塞满我的胸口。

罄其所有。

做刚做柔。

想你这蓝鲸在游走，

终是我求生的坚守。

蓝鲸（二）

想你是我心海里的蓝鲸，
占据我昼夜的天庭。
每当思念清唱如夜莺，
那头巨大的鲸，
在波澜壮阔里航行。
绕过莹蓝如玉的冰，
躲过黄道炽烈的陷阱，
就那样无法安宁，
追着你的身影，
逐浪不停。

有时是弹指间的心情。

有时是缠绵不去的风景。

只要记得你看我的眼睛，

就懂灿若星辰的光明。

光是灯塔的引领，

放纵那蓝鲸，

以生而在世的坚定，

徜徉我心灵，

化汪洋浩瀚做秘境。

留给你来看来听，

有蓝鲸遨游的行星。

（二）

真的

坐在真的海岸，
风吹得目光低垂。
想象尽头是水，
云叠成滚动的灰。
那些肌理有鱼的山，
踩着一树树海葵，
陪我，
盖着星星睡。
披着月光醉。
浪头雪白推平沙堆，
从洋底，
送来想你的滋味。

潮起潮退。

听着真的鸥鸣，
真的船声呐迂回。
夕阳紫金的余威，
围搭起暗夜的堡垒。
那些脚是水草的波，
摇摆着露出鲸背，
陪我，
和飞鸟同归。
与思念依偎。
然后捕食者张开嘴，
磷光虾，
真的被命运撕碎。
来不及悔。

这是真的要等多少岁？
要献祭多少我的智慧？

才能似恒星的余晖，
真的有片刻，
与你相对？
这是真的要受多少罪？
要掩埋多少心如死灰？
还依然相信，
爱是一种珍贵？
我是你的安慰？
还想，
余生相随？

吟着真的老歌，
真的我透明如水魅。

我有少年的怀抱

我有少年的怀抱，
甘愿做青春的向导。
荼蘼来路花无名，
尽数不少，
丰满羽翼的鸿鸟。
飞，
就不老，
就云肩霞袄，
芙颊雪额星眸笑，
红拂还小。
原道是与命争，
争分夺秒。

红尘漂浮，
懂就好。
一切刚好。

我有少年的怀抱，
陪我踏入光阴纷扰。
斑驳去处林荫道，
还算热闹，
振翅如簧的蜂鸟。
追，
就趁早，
就藤萝青蒿，
白芍金桂临风腰，
玉树春韶。
还道是命里有，
有棱有角。
前世未了，
来就好。
遇见更好。

七夕不过一夕之间

闭上双眼。

见你发丝浮动在额前。

见你灵息吹拂过我肩。

见你风清日暖的视线。

错觉的欺骗，

不过锥心刺骨的排遣。

乞巧红线。

穿银河风浪齐州九点。

穿百舍重茧种玉蓝田。

穿天高地远风月无边。

预设的删减，

全凭云走星淡而改变。

不发一言。

把月光剪成朵朵白莲。

把树影搭座浮桥相连。

把你我想作蝶衣神仙。

情深却缘浅，

七夕也不过一夕之间。

贫穷

贫穷，
是一场最可怕的瘟疫。
蔓延，漫延，
吞噬生存的意义。
庶人避无可避，
万死难敌。
它在空气中形成飓风。
它在云上聚成霹雳。
它在骨髓的内里，
凿成孔隙，
以欲壑蓄满回忆。
活着迟疑，死于怀疑，

福尔马林浸泡着的，
是疯长的悬疑，
和稀薄的谜底。
令人病入膏肓时，
目眩神迷。

贫穷，
是恐惧最亢奋的战栗。
误认瑟缩做悸动，
肾上腺素的奇迹。
我自卑着造作，
我喷涌着无力，
我以为的豪气，
铺天盖地。
等，顺着颈后的提线，
望向重霄无极，
才发现不过是千万亿，
肉裹傀儡之一。

仰天鼻息。

贫穷，
是人性一切错误的外衣。
你许它哲学着孤立。
你承诺用高尚的笔，
和美德的瓦砾，
构筑下一世，
再下一世，还一世，
光影般的美丽。
你说人不能说神说，
财富是妖魔的皮；
你唱鬼都不唱谁唱，
白骨观的启迪？
天意，心机，
坐视无良的抛弃。
哭泣，笑，或者跳舞着，
被一矢中的。

流沙

是什么样的悲伤，
才能摧毁岩石的刚强？
一击重创，
化作齑粉的苍凉。
在海岸线上，
在地平线上，
在我心上，
稀碎地流淌。
那些忘不掉的热望，
和到过的远方，
全是说来话长，
一言难尽的残章。

沙漠沙滩河底的泥浆。
虽然迷茫，
不过紧张。
比不上戳破真相的惆怅。

是什么样的高尚，
能左右时间的思想？
一如既往，
搜寻散落的遗忘。
在戈壁滩上，
在大洋边上，
在我心上，
磨灭的坟场。
那些色彩斑斓的衣裳，
和听到过的歌唱，
尽数日引月长，
洗尽铅华的倔强。
云母石英火山灰不脏。

不必伪装，
都是平常。
历尽劫难的安详。

是什么样的善良，
能让风四野里流浪？
一扫而光，
禁锢飞扬的彷徨。
在大风口上，
在巨浪尖上，
在我心上，
彻底地扫荡。
那些无畏的年少轻狂，
和挚爱过的模样，
领雄心万丈，
造天地同春的盛况。
沙尘在风暴中筑起高墙。
何必慌张，

无非死亡。

再爱一次也敢作敢当。

黄沙的妖怪

黄沙的妖怪，
令人窒息的飞快。
身披斑驳陆离，
赤金色战甲，
向万万丈天庭，
吹起呜咽号角，
放百鬼日行，
出地狱之外。

生死一线的命牌，
衔在那怪口中。
恐怖催动着悲哀。

痛惜碾压无奈。

只怕肆虐的飓风，

碎断了灵魂，

以齑粉的存在，

扑向去不到的忘川。

忘却后忘却，

奈何桥头，

一饮而尽的胸怀。

黄沙的妖怪，

不会流泪的阴差。

没有心的捕快，

索走了什么人的挚爱？

铺天盖地。

只恐是，

断绝了一阳生，

五行崩坏。

人间何处有家？

家里何处有她？

天地何处有黑白？

时间里何处有期待？

恨不与我镇天宝匣，

喊声来来来，

收了这天杀的妖怪。

夏至十八鳞

忽地在黄昏中愣怔，
摇摇头穿过熟悉的城。
满天是霞蔚云蒸。
大鱼鳞甲的金风，
吹皱煌煌透明的天蓬，
和还温热的心声。
夏至在游戈纵横，
一跃而冲，
荡出涟漪层层。
推敲到夜色也只能，
做最短的梦，
偶遇素昧平生。

忽地在方向前紧绷，
缓缓停下在车河里等。
街巷溅起看不见的冷，
大鱼入水的扑棱。
锦色斑斓不剩，
溙溙入深邃的远峰。
跳动的里程，
消耗不起思念的心疼。
夏至在下潜休整，
淹没于都市的茂盛。
擦肩而过的与世无争，
有星海般点亮的灯，
却没有不期而至的相逢。

时光中的我们

时光中的我们，
唯美如画。
蜻蜓飞过的晚霞，
午睡里梦过的花。
沙漏内流逝的沙，
是我们说过的话。
不用记住啊，
一起笑过的刹那。

时光中的我们，
平地起家。
杯酒离别里天涯，

重逢秋月下清茶。
青藤缠绕着长大，
故事蔓延成蒹葭。
不问来去啊，
一起走着出发。

时光不老的我们，
仗剑披甲，
踏山平峡。
穿越万里繁华，
幸不错过你我他。

秋来

杏蕊红荷水浅，
盛夏睡得香甜。
暑热走，没说再见。
一场雨隔断，
送别的视线。
原本总念叨的留恋，
竟再不能多看一眼。
结束快过闪电。
在夏蝉与秋虫之间，
嘶鸣与呢喃敷衍，
诉说一个告别的夏天。

青苹紫菊风娴，
金秋来得惊艳。
燕子走，视而不见。
又场雨会改变，
硬起来的思念。
寒霜缄默百口难辩，
只冰冷向地心蜿蜒。
缘分不绝若线。
在候鸟与麻雀之间，
离歌并嘈杂和弦，
奏响一个归来的冬天。

晨跑

秋风在时光里年少，
明暗在肌肤上跳。
勃勃生动于轻巧，
一蹴而就至美好。
我的美好，
是不是你的想要？
你的想要，
能不能别再比较？

落叶在秋风里扶摇，
树影纠缠在雀跃街角。
暖阳温热来拥抱，

脉率舒张成微笑。

我的微笑，

是不是你的骄傲？

你的骄傲，

敢不敢让我依靠？

季节在落叶上飘，

偶尔把寒冷挂在树梢。

雾气模糊了思考，

条分缕析到明了。

我的明了，

是不是你的知道？

你的知道，

会不会也有目标？

时光在季节中不老，

每个人都是座孤岛。

脚步追逐过清早。

清早追逐过飞鸟。

而飞鸟追的是，

沉入黑夜的浩渺。

谁在孤独无聊？

谁在寂寞难熬？

谁在灼灼心火里祈祷？

谁在划破黎明时奔跑？

是不是你，

正在我来的方向寻找？

八月，你好！

带着潮津津的心情，
走进滴雨的安宁。
描着银线的轻伞，
遮住湿嗒嗒的眼睛。
没有行人的清晨太安静，
没有你的大街崎岖不平，
如在玻璃罩子中独行。

咔咔咳嗽着的汽车引擎，
竟敢打碎四下的共鸣。
不怕碎一地伶仃？
不怕夏虫语冰？

不怕错到爪哇国的边境，
找不回天亮后的风景？
勇敢上路真相无形。

披着暑热的阴影，
被秋凉蒸发去热情。
用紫薇泛白的落英，
轻轻叩响我的窗棂。
风说：八月，你好！
走该走的心净。
来该来的轻盈。

我瞬间惊觉到清醒。
原来我才是八月的命，
才是趴在天低树梢的星，
挂在四季里不看不听。
荒芜是一过性的曾经。
我等你生长出根茎，

邂逅在命中注定。

相守的安之若命，
要走的云淡风轻。
我用等待划破黎明，
山水入壶做香茗。
老去是错觉自语是病，
默念着八月你好，
盼一个不下雨的天晴。

昨夜中秋

焦躁是一种惶惶的心跳，
令清晨苏醒于飘摇。
什么样的星皎皎？
什么样的风萧萧？
什么样的出人意料，
能让年轻的窈窕，
穿行于帝都的计较，
还吹不散昨夜的祈祷？

落寞是一种瑟瑟的步调，
让拥堵难以疏导。
什么样的曙色昭昭？

什么样的霞光耀耀？

什么样的浮皮潦草，

能使纯洁的需要，

生长于荒蛮的街道，

还不撑裂昨夜的精巧？

匆忙是一种碌碌的无聊，

将期待装饰妖娆。

什么样的远迢迢？

什么样的热闹闹？

什么样的风尘物表，

能给深情的骄傲，

网开一面的关照，

还不敲碎昨夜的欢笑？

昨夜是一种满满的寂寥，

看遍不过山高月小。

什么样的影绰绰？

什么样的声杳杳？
什么样的思怨了了，
能解宿命的枯燥，
打造尘外孤标，
还不撕破月圆的协调。

梦着是一种醉醉的睡觉，
惊醒成坠坠然尾大不掉。
开始就结束的月夜花朝，
结束就轮回的无可救药。
这样的心情可微不足道？
这样的中秋算不算良宵？

无月的中秋

曾经的满月，
装饰我初恋的窗。
高悬清华，
照我不得缠绵的惆怅。
那秋，
百转难忘。
月过中天人无眠，
甜蜜的情长。

曾经的中秋，
侵占我年少的芳华。
满地铺雪，

掩盖舍我而去的行藏。

再秋，

酒入愁肠。

宿醉难求夜长醒，

冰凉的衣裳。

如果曾经，

有无月的中秋，

不动心地花开一场。

孤芳自赏，

没有誓言随风飘荡。

而秋，

一如既往。

我能不能够不知痛？

无畏于忧伤？

自己的永恒

我不想说不能，
故作真诚，
按住满心的杂草丛生。
太平洋奔袭来的风，
吹散了我的老成。
月色被剖开冰冷，
八千里明灯；
星空被碾碎平衡，
九万片碎梦。
你怎么还敢直视？
灼热目光和烧过的疼，
疼过的真心和补过的缝。
你怎么还敢问？

那年那夜，

埋葬我青春的雪崩。

飞走是最好的不争，

不去求证，

烟雨入山云水濛濛。

青石桥下的歌声，

柔软一场相逢。

半阕旧词拿去称，

风流算得一等。

三两老酒用碗盛，

醉了谁家高朋？

我怎么还敢回头，

寻不得津渡舟自横，

躲得过风雪太阳升。

我就真的敢走，

一人一马，

拼凑我自己的永恒。

风雨来过

昨日种种相连，
纠缠我裹足不前。
阴云叠叠的重天，
三座浮屠宝殿，
压制海天无一线。
黑色风暴之变，
瞬间出现，
咆哮吞没漆黑海面。
雨箭刺破仓皇人间。
海兽跃上汹涌浪尖。
狂风舞成几近疯癫。
此刻，我被上帝看见，

任命运飞过船舷，
击碎扑面而来的时间。
我存在着，
渺小而卑贱，
唯有沙鸥与我并肩。

我不再想念你的脸，
心筑高山障从前。
可洪水刻画出深涧，
翻天覆地，
把伤害连成一片。
幸存是信念，
只要坚持睁着眼。
海水会熬成一粒粒盐。
季风会被腌成苦涩咸。
虾兵蟹将会冻成砂岩。
洋流终会把温暖回迁。
那时，我被上帝听见，

凭千万次杀你的剑，
铿锵屠龙过经年。
我孤独着，
勇敢而勤勉，
唯有无情得修神仙。

太平洋在沙滩上变浅，
洛基山随海岸蜿蜒。
满月颜色被云消减，
有鲸出现，
搭载通往极地的冒险。
一个人的边疆，
两个人的战线。
胜者说的都真知灼见。
失败者也能苟且残年。
夜雨巫山话凿天堑，
白云苍狗往生多艰。
将来，我被上帝遇见，

想问深情可有期限？

爱可否重来一遍？

我灼烧着，

炽热而内敛，

唯有冰川荡平我的思念。

童话之家

第一幕　画夹

我摊开斑驳的画夹，

想画你和你的她。

才画了一个沙发，

就想起一起喝过的茶。

瞬间画意碎成了渣渣。

不是在安静中就可平静，

不是有 720 种颜色就可画画。

第二幕　蚊子

一只路过的蚊子，
飞来听我说话。
却因为情商低下，
付出了生命作为代价。
其实我那些废话，
说不说无伤大雅。
本来一个人的生涯，
每天也会出发。
房门落锁的刹那，
可能也算有了个家。

第三幕　窗纱

我用白色的窗纱，
掩住一切都好的虚假。

无名氏潦草的油画，
装饰落了灰尘的书架。
我在太阳下，
用黑白色作画，
又在月色里，
辨不清色差。
你知道这是我的家，
却从不来看我的画。
我知道你有一个家，
也不敢问门牌号码。

第四幕　冬瓜

不是空无一人也能叫家。
虽然可以肆无忌惮，
可以通宵达旦，
可以流着泪骂自己傻，

可以笑着自说自话。

然后吃一顿丸子冬瓜，

闭上眼一脸岁月无瑕。

等睡着了咿咿呀呀，

再揭开自己的伤疤。

从前和从那以后，

有家就已经是童话。

第五幕　未完待续

身后合上门的家，

也亮起灯泡起茶，

打开音乐嘈杂，

假装欢乐乐万家。

假装有王子公主，

也有爸爸妈妈。

可对面的大街广厦，

灯光如光怪陆离的数码，
铺成繁星坠落的山崖。
我抖动着闪闪的瞳仁，
和不雪白的牙。
为什么等待这样尴尬？
为什么童话这样假？
为什么没有，
一叶扁舟的自驾，
接我去——
所谓彼岸的到达？

毁了虚构的辉煌

没人数过蚂蚁的数量。

没人踏入甲虫的战场。

一阵风过入秋凉，

谁问死生，

夏虫语冰的荒唐。

遥远是安心的屏障。

谣言为骄傲来捧场。

非我族类的悲伤，

用战斗，

剿灭一切慌张。

那些凄凄惶惶，

剑拔弩张，

让风浪再一阵掀过，
全卷进历史的汪洋。

容忍矫饰弱者的绝望。
悲悯徒增胜利的张狂。
屠龙少年与龙，
从深渊凝望，
讥笑桀桀回响。
公正是强者的权杖。
正义总被卑鄙消亡。
何必还说，
还去写，
那些豺狼虎豹的想象。
冠冕堂皇，
形而下后形而上。
不过浪费了时长，
毁了虚构多年的辉煌。

射线阿尔法和贝塔

想你，一动意就很邪，
绝对是物理形式的劫。
自你掩上门的离别，
自我清空与你的链接。
心理反应成无声的炸裂，
迸射出两道高温的热切。
命名阿尔法和贝塔的射线，
切入我晨兴夜寐的世界。

射线阿尔法炽红强烈，
似飓风席卷白垩纪旷野。
洞穿我百骸灼烧我的血，

敲碎我强自镇定的日夜，
击中我见或不见的心结。
阿尔法是二维的直接，
没有公式没有解，
撞破尘封已久的境界。
一身孤勇经历过幻灭，
谁会在意傲慢的轻蔑？
贴着飞再飞着紧贴，
你我的未来会不会重叠？

射线贝塔光谱和谐，
柔软旖旎如风中的蝴蝶。
吉光片羽的记忆情节，
情绪难平在斗转参斜，
所有想要给你的一切，
贝塔的光铺陈倾泻。
你箭在弦上的凝眸一瞥，
你光亮中笑得月色皎洁，

你攻陷我大勇若怯，
我沦陷得土崩瓦解。
顺着那光去到光明界，
你我会不会白首相携？

射线阿尔法和贝塔，
飞驰过皇城长街，
从动心想你就开始集结，
发散直到愈演愈烈。
就算命运依然坚硬如铁，
就算时间试图把爱磨灭，
递送的传达永不停歇。
因为爱着你的我，
和爱过你的我，
如今已是霄壤之别。
能不能就让我独自迎接，
天雷地火山崩石裂，
就让我一人历此一劫。

西山的云

你见过西山的云吗？
如我心情般盛开一片。
绿芍白莲，
雪马银箭。
有千山叠叠青郁连绵，
接晴开一线，
六月的人间。

你见过西山的云吗？
似我放不开你的挂牵。
玉阶冰檐，
素瓦馨殿。

有酥风习习勾连无边，
想我们从前，
曾经的今天。

你见过西山的云吗？
黄昏爬上人眉角双肩。
彤彤俊彦，
煌煌金眷。
有华发皑皑一夕千念，
是忘或相见，
易老的流年。

虫洞

思念是只有毒的黑昆虫。
有天蚕蛾抖双翅的雍容，
有饕餮贪找吃喝的愚勇。
它禁锢在我的躯体之中，
攀附着每次心跳的搏动，
啃噬想见你的心事重重。
昼伏夜出它耸动着从容，
利齿渗出毒液带来钝痛。
终于让它咬破一个小洞，
路德维希命名叫作蛀孔。
那是黑洞往白洞的交通。
进去又穿过折叠的朦胧。
冲出灰道一瞬间的不同。

这一刻是我人生的隆重，
竟然走进你看我的双瞳。
虽然相见远比想念轻松，
一步踏出的是孤苦寒冬。
但我只有数得清的分钟，
让我能停留在你的时空。
爱因斯坦罗森桥的弯拱，
是道注定要消失的彩虹。
会吞我回去来时的涵洞，
困守孤城在自己的樊笼。
所以对我笑笑请你别动，
我得把你印入心轮中宫。
无论镜像如何颠倒翻弄，
留存记忆全是你的生动。
我要用这些喂食黑昆虫，
供养它呕心沥血去用功。
凿穿你的天体我的穹隆，
让我再次触摸你的笑容。

立冬

冷不冷我的朋友？
在新到的这个冬天。

树叶被乍寒攫干，
又被暖阳透穿。
呼啦啦飞起，
旋转，
如我念你那般。
火红枫林的河岸，
燃烧也算是种灿烂。
晴空做秋水的衣衫，
阳光里晒晒遗憾。

何必多想？
添上所余的一丝浪漫。
心事扑棱棱来去，
你我各在一隅偏安。

芦苇花开在秋水滩，
逆光中忽明忽暗。
婆娑娑摇曳，
恬淡，
连记忆都随之放慢。
再听不见寒蝉，
深秋里言尽于此。
枯萎磕碰时间，
跌碎了也别妄谈生死。
一个人的话，
何须在意离散？
静待温柔与清欢，
累了后迷途知返。

涟漪泛到湖心很难。
人心叵测之间，
山高路断。
寒潭，
粼粼往天际漫延。
湛蓝色的孤冷摊开，
任风扑簌簌吹软，
四野荒山，
缠绵舒展。
孤单单身处人海，
只为窸窸窣窣的温暖。
生动鲜艳里茫然，
拥挤着活过平凡。

走不走我的朋友？
走进新到的这个冬天。

我见江水流过

我见江水流过，
人间璀璨，
浮满清波。
重庆的山幢幢叠叠，
灯火如萤，
流光灼灼。
我等着晨光熹清。
我等着街巷寂寞。
我等着江头飞落，
大川微澜，
终见天破。
抓住第一缕天光，

荡漾凝视里的迷惑。
澄清的脉络，
随江水流过。

我见青山绿过，
枫栌欲火，
渝夜蹉跎。
航船点灯行水阔，
踯躅阑珊，
意兴勃勃。
谁陪我巴山夜雨？
谁陪我轻舟驰过？
谁陪我竞浪潮头，
薄襟单衫，
握发足濯？
化三分真心暖酒，
醉一处乱语话多。
曾经成传说，

被秋色淹没。

我见爱情路过，
羽衾粉枕，
柔颈颊糯。
添香展笺未落笔，
诗不成行，
文写落拓。
转身而去是懦弱，
倾情付出是赌博，
不再联系是刻薄，
风撩碎发，
月描轮廓。
扬起沙钟中的分秒，
散了入骨三分的承诺。
时光长河里摩挲，
见了，就此别过。

存在

槐叶在秋夜里摇摆，

被路灯用逆影霓彩，

溶成纯金色的旁白。

细语涟漪般泛开，

说的你我，

遇见的那场意外。

都散了吧？

风向鬓边飞来，

你从记忆里卸载。

没有人，

能在爱情里赢，

不死已经算不败。

月光晶莹拥梦入怀，
草香漂浮成雾霭。
指尖沾星辰，
描一遍远河山黛，
剪影别裁，
从前终会模糊成海。
都灭了吧？
眸色闪过明镜台，
人去连寂静都不再。
所有人，
被生活骗还爱，
死也是一种存在。

入魔的豪奢

思念的魔掀开夜色，
温柔地躺上流淌的河。
心念浮动然然可可，
用首清越老歌，
点亮百盏荷花舟炣。
任风丝丝入扣地飘着。
任雨密不透风地落着。
任我堕入魔道跋涉，
汗涔涔寂寞着，
送走磨碎的悲欢离合。

思念的魔重蹈覆辙。

把月光折成千纸鹤，
振翮扶摇的时刻，
燃烧愿望作快乐。
溯流而上如何？
顺水而下又如何？
如之奈何，
才能结庐我心舍？
才能刻进我命格？
才能牵我手安步当车，
迈过岁月关山的阻隔？

思念的魔偷生活着。
想，恰如饮鸩止渴；
不想，浮光掠影的温热。
故事里摇曳的曲折，
灯火如豆熠熠娥娥，
尽沉入漂流的清澈。
心无旁骛者，

难免浑浑噩噩。

一无所求者，

未必毫无所得。

放牧相思在今夜的银河，

我拥有出尘入魔的豪奢。

苦旅

没有你的旅行像戴面具。
迎风要笑得写意，
转身能潇洒淋雨。
原想的所有目的，
边走边放弃。
终于发现这不过是苦旅，
是给相思设下的局。

这样旅行注定没有偶遇。
抵达再出发准确如期，
经过的店铺予求予取。
只少了见你的期许，

一站过一地，
平白无故的远离。
一段终点遥远的苦旅，
随遇而安在陌生蜗居。

高铁飞驰如过隙之白驹。
江轮航行似会呼吸的鱼。
快车急驶进夜掌控的区。
飞机冲天撕破黎明空域。

穿行于天地盖舆，
走进下一幕戏剧。
是弱水三千的一瓢之需？
还是两不亏欠忠贞不渝？
想走就走的人生苦旅，
谁陪我不死到终局？
谁又赢得大智若愚？

我好希望那个人是你，
等我在八月的槐香里。
见我时说话不疾不徐。
旁者不叙，只说一句：
无论离开还是回去，
让我们一起随心所欲，
停下或者继续，
我们的时间绰绰有余。

初雪叩响了谁的窗

初雪叩响了谁的窗？
一秋的希望，
化成菱花的想象。
飞舞在唇角眉梢上，
呼吸悠长，
笑容荡漾。
千人千面难重样，
唯有他的晴朗，
不一样的，
神采飞扬。

初雪叩响了谁的窗？

清冽冽眸光，

映亮冬夜的荒凉。

清晨有千条道路去远方，

不问方向，

从他而往。

在注定的因果里飘荡，

为着他繁忙，

因他盛开，

四季生香。

初雪叩响了谁的窗？

遥远的海浪，

升腾又结晶的冰凉。

朔风卷起是浪花的闪亮，

由天而降，

炽热心上。

不能熄灭那般渴望，

四散着歌唱，

为他融化，
汇成汪洋。

初雪叩响了谁的窗？
锁不住心房，
怦然心动的慌张。
爱情踏雪无痕终破防，
四野八荒，
无可抵挡。
再难掩饰命运的光芒，
与岁月对抗，
执手不放，
三生勿忘。

小雪

晴朗中冻结冰凌点点，
碎如细语诉说着牵绊。
在飘向你时被冷风吹散，
踪迹难寻处藕断丝连。
无可无不可。
得以坚持的不变。
没有雪却是小雪的这天。

这曾属于过我们的冬天，
你专心陪过我缠绵。
窗外有硬的风吹遍，
心里有暖的云雨电。

所愿即所见。
那所有滚热的人言，
消匿在白茫茫的雪线。

这曾折磨过我们的冬天，
为孤独做了铺垫。
笼中的雀儿自顾自演，
温控下的细鱼悠然表现。
不了何了了。
刀切斧凿成毫无相干，
各自活在自己的人间。

冬天的地平线

我一脚踏入冬天。
你没拉住我，
寒入彻骨的瞬间。

散碎遍地渐冻的敷衍。
冰封满湖细密的轻贱。
是冷是湿还是更危险，
灰烬里猩红色的誓言。

从前，
酥暖微凉的雨线，
你拥着我，

执伞走过春日的长街。

旧墨痕写满你的信笺。
半盏香茗滚烫在齿间。
还想还要还可以多点，
骤雨初歇紧闭的双眼。

从前，
我听老歌的路边，
你凝视着我，
随秋色融化由甜变咸。

黄花紫蟹斟满杯缱绻。
陈词滥调涂抹上恭谦。
还饿还渴还想吃表演，
折子戏没了浪费画面。

枯枝败草埋藏起明艳。

早或迟达摩克利斯剑。
还涝还旱还翻滚雷电，
时光深处剩焦土一片。

我一脚踏出从前。
没回头也没说再见，
没看你消失进地平线。

叶对秋风

韶华流觞，

一如秋的模样。

每次见你对面，

挣扎着倜傥，

复习与你，

相爱的愿望，

像深不知底的汪洋，

黑夜里蒙霜。

义无反顾，

屏住仅存的气场，

享受散落的欢愉，
稍稍冲淡，
虚度的恐慌。
敢不背叛梦想，
又怎能毫发无伤？

倘若缘分可以
李代桃僵。
冬尽。
纵使春不太长，
我已逃之夭夭，
流亡远方。
以无名无相，
自由飞扬。

十二月的北京

夕阳涂抹完灰金色背景，
退入晦暗不明。
留我径自目不转睛，
极目想从城市的剪影，
寻个究竟。
是爱的节奏带了心情？
是你的青春挫败了淡定？
还是我的城府，
磋磨进你简单的平静？
何来由的心惊，
骇到我九转千变的魂灵？
你让我一世修成的坚硬，
碎了，碎做一把寒星，

在十二月的北京，
闪耀照我踽踽独行。

夜色是气体的冰，
阻得车流走走停停。
没有对错的输赢，
循着我呼吸间的嗡鸣，
爬上心的天平。
是唇齿贪恋你的年轻？
又或你的真挚其实是病？
还是我侥幸，
手握你累世欠债的实凭？
何来由警醒，
我老若颓垣百丈荒岭，
缤纷零度下飘雪般落英。
你暖着我将朽的生命，
在十二月的北京，
昼夜都散发着光明。

洞天

三万里高的洞天，
住着日日美满的神仙。

我看向山峦起伏的天边，
在空气中摩擦着视线。
踏云遨宇看不见。
扶摇九霄看不见。
觥筹交错看不见。
抵足而卧看不见。
是看不见还是不敢见？
云在风间，
宝相尊严。

神仙可以有的幸福画面，
平凡人只能闭上双眼。

我看向海波无垠的天边，
白鸥发现我泪洒胸前。
琼楼玉瓦看不见。
万蹬天梯看不见。
飞升黄鹤看不见。
连托书的秋鸿传信的雁，
全都看不见。
没人说再修多少年，
可同船渡？
可共枕眠？
神仙自己写的快乐诗篇，
平凡人读不到的箴言。

三万里高的洞天，
住着看不见我的神仙。

神仙的糊涂

敲起声如撞心的鼍鼓，
在崎岖上跳一段傩舞。
这是怎样宿命的接触，
遇见在山重水复深处。

本以为孤单单上路，
旅途充满迷雾。
走进设计好的无助，
走向最后的荒墓。
没想到你的温度，
把我的命握住。
给我看木兰金玉满树；

让我听松山碎雪飞瀑；
带我游静海澄碧沙湖；
领我走密林丹梅幽谷。

于是我相信了幸福，
一步踏上苦旅穷途。
像凡人一样阅读；
像飞鸟一样筑屋；
像迷宫一样繁复；
像草芥一样干枯。

后来……三人成虎。

所以我早知道你有毒，
你的爱啖肉蚀骨。
可我心甘情愿依然如故，
交出我的全部，
换你与我从此同路。

有一本残破不全的书，

名字叫作《神仙的糊涂》。

说是修炼过幸福的苦，

无畏于失去不会再哭。

温柔的杀戮

时间是温柔的杀戮，
转身已不能安之若素。

丢了记忆的长路，
灵魂在风里哭。
把零零碎碎的孤独，
细细缝补，
缀成褴褛的衣服，
包住还会流泪的白骨。
满盘皆输。
滋蔓难图。

不如，
把这名唤爱恋的残酷，
埋进多情的山谷。

可是在宿命的拐角处，
批出一道符箓。
打入七窍的恍惚，
唤醒深爱的领悟。
曾经的回眸注目，
停下了你的脚步。
诗酒征逐。
风景不殊。

嗟夫！
你的美不可方物。
是动了心的造物主，
最温暖的流露。

两极八荒的无助，

沁满见不到你的苍茫。

我的世界

幻灭可能是白色的。
金色的爆燃后分解，
黑色的灰飞烟灭，
消散没入长夜。
等黎明的光，
与夙夜重叠，
这纯粹透明的白色，
是留给我的世界。

放弃可能是灰色的。
离开时一望三回首，
空气冻结成铁。

命运里无语凝噎，
在我们相逢的季节。
追逐怕会停歇，
欢爱怕会枯竭。
浓淡相宜的灰色雨天，
打湿了我的世界。

幻想可能是蓝色的。
无中生有的和谐，
涨满空无一物的心结。
脑洞徐徐开裂，
涌出你的甘醇清冽。
其实不存在的联结，
其实不会有的离别。
这一丝蓝色的血，
延续着我的世界。

爱你可能是银色的。

纯白冰凌凌的悲切，
包裹着蓝盈盈的原野。
温柔是紫色的情节，
迷失了通往天堂的街。
一个人的苟且，
胜过勒索出的理解。
这一抹银色的光，
雪映着我的世界。

我，可能是无色的。
守着我苍白的纯洁。
青色的梦境飘浮，
蜃楼的灯火四下倾泻。
祈祷是对真实的轻蔑，
不爱是对最爱的告解。
无影无相的无邪，
留恋在我的世界。

天将欲雪

天将欲雪时分，
灰色网罗这城。
凌空于巨厦的顶层，
我见鳞次栉比，
丛林岩沼，
浮世人形飘忽若风，
涌现在时间的裂缝。

寒鸦掠过窗棂，
见我所不见，
为我所不能。
羽翼可以顺着寒冷，
避开晦涩难言的纷争，

躲开崎岖不平的坑，
在阴云外寻找永恒。

黄昏在冰冻里紧绷，
我在暮色里愣怔。
何以在等？
何以没有双翅，
还想睥睨一世，
在浑天繁城里纵横，
与自己的人相逢？

这世界已不会再疼，
一场雪只是种触碰。
看夜点亮万家灯，
明白终有生命，
为爱而生。
踏入冬夜引风雪为朋，
高歌也可以无息无声。

耶路撒冷和雪

你来自天堂的天堂。
在历史斑驳的旧墙，
开一扇洞穿人性的窗。
看死亡逡巡于城邦，
看救赎埋葬在高岗。
区区科技的力量，
投入深渊去膨胀。
你记得那是谁的故乡？
那个四季无雪的地方。
铿铿锵锵，
席卷八荒，
血染九溟沙飞扬，

令万里外素裹银装。

雪来自天上的天上。
从银河结晶的河床，
生长出繁星的光芒，
被宇宙风暴击伤，
碎成白茫茫的霜。
带着记忆扑向，
凝视天际的目光，
冻住了深邃的绝望，
和思考的倔强。
峨峨洋洋，
止战之殇，
忤逆风雪的歌唱，
送灵魂们一路向上。

栖溪冬月赋

初冬于栖溪来说，
不过是浓绿中夹些，
柿叶的残红，
水杉的颓黄。
还有候鸟深鸣而过，
了无痕迹的水光。

游者于栖溪来说，
仿佛如沉沉水岸上，
轻曳的蒲草，
飞扬的芦蒿。
又如浮水而去的碎叶，

头也不回的离殇。

你我于栖溪来说，
其实是生命沼泽中，
忍寒的霭雾，
过夜的薄露。
中天破青的日光，
暖我们肺腑，
却散我们到四方。

野鸭湖

一只麻鸭要死在野鸭湖，
不知是死于疾苦，
还是绝望于孤独。
他无力再看一眼，
人类的救助。
也没有同类要叮嘱。
甚至不哭。
独自在命运深处，
找通往天堂的路。
石是他的棺椁冰是墓，
芦苇像回魂幡的布，
为他在朔风中飞舞。

关于他除了我，
再没有多余的记录。

走出寄居的九坪租屋，
踩着深冻三尺的土，
游历冰封无际的湖。
为悲情加桎梏，
回想被杀死的当初。
疼痛令记忆模糊，
信任在烙印里干枯。
青春无度，
垂垂入暮得仓促。
原来时间里也有冰窟，
可以将灵魂紧紧锁住。
一切存在终将荒芜，
早晚会被记忆清除。

那么你和爱你的我，

不如趁现在爆燃成火。
炼成黢黑的碳素，
随断层的岩石，
朽槁的草木，
在地心融化成燃烧的湖。
焚尽热烈到空无一物，
再无灵魂需要摆渡。
死亡就此也不是错误，
是万年无名相的领悟。
待轮回道春风入屠苏，
你做麻鸭我做树，
看轻舟泊靠在烟云渚。

如果生活是一本书

如果生活是一本书，
每个瞬间写成字符。
行间的留白是心的自述，
真挚给段落平添温度。
那些氤氲模糊，
花色淡淡的插图，
记录，
相遇与自处，
梦亦非梦的接触，
岁月留痕，
一瞥惊起鸿鹄。
所以如果你是一本书，

读懂该有生的领悟，
还应能在自由里，
进进出出。

如果生活是一本书，
扉页印遇见你的当初。
写下每次心绪的起伏，
和只属于自己的在乎。
有雪漫京城不见路；
有孤帆晴海霞卷舒；
有玉兰堂前茶清煮；
有午夜山门酒半壶。
灵息吹动的情愫，
缱绻聚散似雾，
温柔刻绘入骨。
心动若风经玉竹，
相思来去得无缘无故。
所以如果你是一本书，

时间只是故事的备注，
而记忆是书签，
坠着闪动的流苏。

如果生活是一本书，
可以摊开在阳光下读。
晒一晒命运的礼物，
晾干泪痕上的凄楚。
一个人的旅程在沿途，
热闹闹却无人驻足。
偶尔泛起的轻浮，
化作烟火恢宏的光弧，
让黑暗陷入更黑的仓促。
最终弥留，
撒不开手的无助。
所以如果你是一本书，
标上爱过的幸福，
再写一句我则个，

晓窗月西白露，

自在于孤独。

天国的苹果

天国高远如清澄碧空，
与人世上的刀剑丛生，
隔着呼啸席卷的北风。
茹毛饮血时寒冷。
掠夺厮杀时惊恐。
渐渐塌陷为人心的黑洞。
在等待救赎里无疾而终。
然后有光坠若长虹。
是你温暖如想象，
是你璀璨如星穹。
让我的灵魂思如泉涌，
浇灌出名唤伊甸的城。

醒着修道融会贯通，

睡着了练习你情我浓。

爱情随四季轮回转动，

生长出苹果沉甸甸重。

于是，我在等，

我有天国花园神秘茂盛。

别怕俗媚众口交攻，

别怕天条北辰星拱。

我在等你觉醒的冲动，

和我在有光的生命里，

活得欣欣向荣。

冬月里枝丫风情万种，

扯动尘世的昏庸，

欲壑难填满成新家。

从来都是用伪善去冒充，

世间柔软丝滑的真诚。

智慧组装的人们却不懂，
步履维艰行走于刀锋，
胼手胝足伤却在心中。
遇见你时懵懂，
离开你时不争。
爱上你是由衷，
再见你是不同。
命运如荒野我火耨刀耕，
冰天雪地却得花放寒冬。

今夜，我在等，
我有天国的苹果红彤彤。
别管真理震耳欲聋，
别管誓言百无一用。
我在等一个深情相拥，
等你咬一口苹果，
便予你善始善终。

看云白草畔

层云胜雪千山上，
晨风呜咽里生长，
朝南方长天的方向，
快意流淌。
抱衣而坐时微凉，
隔着落地的窗，
一边是翠坡秋起的微黄；
另一边是眸里的清光。
在读云走叠嶂。
在听风颂寒来暑往。
在解流云的思想。
在数，

去日多长？
来时多匆忙？
中间什么在消亡？

没有日出的东方，
雨云泛起暖色的光亮。
天际黛山苍茫，
矞矞皇皇。
在这翕张的凡尘万象，
强弱里对抗。
一方是愈合的旧伤，
隐隐的还在酸爽；
另一方是残存的渴望。
在日与日的缝隙间慌张。
在夜与夜的重叠里倔强。
终是，
不肯与人言讲，
不舍任风吹凉，
不忍被自己淡忘。

水逆

我想把自己活成一棵胡杨，
在沙暴中磨砺忧伤。
可时间无法对抗荒凉。
不被任何记忆遗忘。
因为从来无所印象，
曾经的生长，
茂盛到沧桑的模样。

我想把自己活成一道残阳，
隔着重云还能有光。
可落日终结于远方。
不着痕迹的无常，

老去做沉雄悲壮。
天地洪荒反射明亮，
触手可及冰一般凉。

我想把自己活成一段乐章，
世态炎凉里陪你唱。
何必在意飞短流长。
未来是星河里的波浪，
水星正逆流而上。
我拼力守住的坦荡，
别在碰撞中碎成荒唐。

我想把自己活成一种气场，
活出不可言传的渴望。
跟随水星横冲直撞。
蔚蓝是我单纯的思想。
所向披靡的方向，
是爱情东去的大江，

遇你便成汪洋。

我只是想活成你的愿望。

没有存在的重量，

也没有失去的慌张。

爱情圣战

看不见正午阳光，

层云块垒盖八荒。

心念所生剑木万丈，

擎住红尘之上的光芒。

滚滚汤汤，

风云携雷电激昂；

浩浩荡荡，

天兽卷万旌飘扬。

那些呼啸而来的歌唱；

那些汹涌四奔的热浪；

那些坚硬如铁的刚强；

那些绵延无尽的忧伤；

在这刻这个地方，
装点我一个人的战场。

我本尘土之身芸芸众相，
无欲无求在伯利恒牧羊。
谁知爱上你后抬头仰望，
终看见东方博士的星光。
这场圣战无关善良。
输得起山高水长；
输得起地老天荒；
输得起紫绶金章；
输得起情深一往。
但我输不起，
与你形同陌路的相忘。
龙血玄黄，
赢你记住我爱你的模样。

我用右手挥去彷徨。

金戈所指，
是摩西穿越红海的方向。
我用左拳握碎迷惘。
铁马冲关，
是约伯赤身来去的信仰。
我的甲胄熠熠闪亮。
我的坐骑血脉偾张。
我的营盘悬旌万疆。
我的冲锋锐不可当。
出征的檄文字字铿锵，
契刻上耶路撒冷的灰墙。

是什么放出我胸膛，
虎豹龙蛇般疯狂？
是什么正奔突脱缰，
天地四野里回响？
你的温暖做浴血的奖赏，
你的微笑令我无惧死亡。

为你而战！

云中彩虹的辉煌。

为你而胜！

巴别塔顶的勋章。

那一刻我将华服盛装。

迎回挚爱永驻我心上。

新诗如槁

冬的风声厉如夜鸮，
击碎败叶在树梢，
掀起枯草到天高。
窗棂缝隙尖细的哨，
玻璃投射鬼影的摇，
都仓皇皇瑟瑟然宣告，
一宿乱人心绪的纷扰。

梦在惊梦里睡着，
醒着的只剩心跳。
十万星辰在穹顶照耀，
点亮深海一般的骄傲。

玉润珠玑的辞藻，
都活脱脱欣欣然祈祷，
一曲动人心魄的歌谣。

笔触光洁干燥。
纸背稍嫌粗糙。
行云流水的调调，
记录的是不再年少。
遗忘中想起来的计较，
都轻飘飘坦坦然丢掉，
一路风卷残云的呼啸。

如果灰飞烟灭是种奔跑。
如果形容枯槁是种燃烧。
如果土崩瓦解是种创造。
如果烟消云散是种明了。
那写的是谁的知不知道？
谁的好和谁的要与不要？

满纸沧海桑田暗夜拂晓。

一篇扰人清梦影绝魂销。

我的娃娃

以前一个漂亮的娃娃，
好多年都是我爱的他。
岁月无改他眉目如画，
笑对我时灿美若花。
我最爱伸手抚上他面颊，
读他眼中温柔刹那，
尝他唇齿间想说的话，
听他心念搏动意气风发。

人生跌宕穿越无数冬夏。
我行差踏错得尴尬，
剩下自己明日黄花。

只梦里我见过我的娃娃，
将要登船远行开拔。
站在码头水浮蒹葭，
细雨如绸青苔阶下，
他问我不能陪我可害怕？

我哭着说别走别离开家，
我还有好多想说的话。
不离不弃我们一起啊：
青春不老鲜衣怒马；
锦绣山河踏遍天下；
春风十里雪月风花；
星辰大海仙侣云霞。
可我的娃娃默不作答。

再一夜我梦见朋友婚嫁，
我娃娃做伴郎老成练达。
流水酒席富贵荣华，

他捧来一碗汤油渍麻花。
他说快吃早点走吧。
我流着泪小心翼翼问他，
能不能送我回家，
夜路太长我会害怕。

我的他摇摇头一语不发，
留给我背影咫尺天涯。
那是曾经最爱我的娃娃，
陪我度过锦瑟年华。
悲伤如雪孤独如沙，
夜半惊醒时泪如雨下。
冬雷震震夏雪大，
我败的家没了我的娃娃。

我有一个破碎的娃娃，
我想重新缝成我爱的他。

青草收割机

在晦暗不明的生死场，
每次遇见的情长，
都在形销骨立中绝望。
一壶薄酒的晚上，
等不来改弦易张。
只好撒下暗网，
做守株待兔的枪。
一应如常，
裘马轻狂。
坚守是隐藏的倔强，
保的是真心无恙。
待黎明闪现光亮，

杀伐善刀而藏，
怜悯玉卮无当。
匪首贼王，
和他戳不穿的谎，
狼行成双。
用陈仓暗度的逃亡，
守住了真相。
回生死相搏的名利场，
以贪婪饿死善良。

我们肩并肩，站成风中的草场，只能活成风想要的模样。

来场一路向南的旅行

重雾的山陵，
比夜色更黑的影。
起伏延绵的节奏，
是车轮碾过宁静。
我身后拖着，
长长又透明的心情。
老而无用般聪明，
少年不羁样任性。
以冲破黑暗的拼命，
来场一路向南的旅行。
飞身而出直抵，
路尽的岛。

岛尽的海。

海尽的繁星。

车中塞满鼓胀的心灵，
怦然路过坎坷不平。
思考灼热眼睛，
穿透过往不敢稍停。
是纯真的日子太久？
心死时太年轻？
或是无动机不幸，
遇见在春和景明。
所有的离开芳草青青，
东风里想念可化残冰。
赁一艘大船扬帆航行，
风起的浪。
浪起的夜。
夜起的天明。

杨柳依依

我写着闪光的诗，
矫饰我不善言辞。
搜刮零散的故事，
岁月里结绳而记。
在五万丈红尘里醒着，
看流逝的情谊，
磋磨稀碎铺满地，
如白雪将从前的痕迹，
埋葬成一望无际。

我听着风吹动雨滴，
洞穿我所在的世纪。

濡湿满是伤感的空气，
沉甸甸压住我的叹息。
在九霄外银河里亮着，
是退却的太阳，
缩成遥不可及。
磨灭温暖的记忆，
留一片夜深不见底。

我想着流动的主题，
挣扎着与自己为敌。
陷入明暗之间的距离，
任时间对准信念狙击。
在胡天黑地里走着，
追赶命悬一线的希冀，
然后看见光看见你，
看见轻薄如蝉翼的飞起，
舞之以节杨柳依依。

我来这个世界已经太久

我来这个世界已经太久，
忘却会成为我的烦忧。

我来这个世界已经太久，
风却依然吉羽轻柔，
雾还是软软缓缓地流。
一扫而散的念旧，
少年面庞的清秀，
融化进过往，
斑驳陆离几杯酒。
我以为越老越无求，
昼短无常，

欢夜难留，

谁说作乐不是禅修？

我以为成长会自由，

世事悠悠，

纷争不休，

谁说繁华不是腐朽？

我来这个世界已经太久。

冬雪不寒锦衣貂裘，

四时得令御馔珍馐。

穷尽深爱的探究，

小窗素帐的清幽，

模糊成梦魇，

一片唏嘘静叶秋。

我怕在熙熙攘攘里走丢，

轻举远游，

归正首丘，

终余孤身对锦绣。

我怕在浑浑噩噩里独囚，
内省不疚，
首尾相救，
唯见白云出青岫。

我来这个世界已经太久。
讶异无多廉耻不羞，
虚实可辨真假难究。
钥匙上的铁锈，
门锁困住归咎，
心事成故事，
掠夺与施舍的俗臼。
莫不是人间值得花青丘？
有爱风流，
有爱貔貅，
所爱不过清风荡衣袖。
莫不是天涯不远翠湖柳？
命占星宿，

爻变六九，

路尽处汪洋浮琉球。

我来这个世界已经太久，

谁会是我继续的理由？

路归来处

三月的风铺路，
我悄悄回到来处。
难以转身的踌躇，
遮满杏花将开的薄雾。
不是不在乎。
没有不管不顾。
只是时间里终有归途，
爱与恨不分胜负。

冬季落下的礼物，
河冰在顺流漂浮。
阳光里晶莹的领悟，

湿了眼角一缕孤独。
无须解释清楚。
不必用心良苦。
敢在爱情里面下注，
便何惧积毁销骨。

离别是最好的祝福，
繁花盛开山与湖。
三千世界暖的温度，
回忆里那人和春住。
不等驳船来渡。
何留相送的叮嘱。
背影一袭如故，
再青春云朝雨暮。

没有我没有青山

颓丧是彷徨的终点。

奔跑冲向尽头，

撞碎琉璃般谎言。

这世界的来处。

繁花放尽后腐烂。

而人心的去处。

恐惧围地北天南。

何所心安?

无知杀良知于枕畔。

劣根疯长成怪诞。

幸存菩提子生出简单，

遭遇聚合又离散，

不死不甘。

燃烧是毁灭的勇敢。
从星河直坠深渊，
原子轰然爆炸成失眠，
无尽黑暗。
这世界生长万年，
欲望层叠于砂岩。
战火如跗骨之蛆，
灵魂狰狞成撒旦。
死亡中爬出瘟疫与苦难，
屠尽良善，逼上梁山。
终将在纪元后天干，
一草一木一海岸，
没有我，没有青山。

唯有爱才有回忆

神的思想来自人的怀疑。
走遍山水的地远禅意，
活过世纪，
把恩怨埋进土里。
长出伸向天堂的道理。
记录成为生命体，
叫作发光的银河系。
所以我的爱你，
不是时光中的虚拟，
而是神运转天地，
摩擦燃烧出的玄机。
日夜与共休戚。

风雨百感交集。
占领与沦陷的距离，
是我理解的不离不弃，
是你逃不掉的凶吉，
一切有为法力。

神的领域充满人的执迷。
一生一次的生死，
水月镜花荼蘼。
万象丛生沉溺。
遇见里衍生出别离，
幻化情爱的浮屠七级，
让活着的可以呼吸。
所以我的爱你，
不过本能的两极，
充盈为神的四季，
三花开我为你造天地，
七月流火亲昵。

四风来我给你裁新衣，
九月肃霜枕席。
相信本就是神迹。
爱我是你全新的命题，
化腐朽为神奇。

神的存在凭人诠释意义。
启明星从冥夜升起。
死亡自天外陨落成泥。
我与你和光同尘里，
旋律婉转成清寂，
蓬勃延绵成无际，
生生不息。
所以我的爱你，
不是证明苟活的勇气。
是我拼命的所向披靡。
上我船同舟共济，
流水清且涟漪。

入我山岁月相依，

崧高维岳峻极。

爱我吧我也爱你！

被人被时间被神忘记，

唯有爱才有回忆。

持戒

我在思想的大树下过夜。

流光幻萤火，

倏远倏近却不灭。

真相总飘忽，

在记起和忘却间纠结，

积淀成暗影，

厚厚覆住视野，

蒙了心念，

不能往光明界，

求解。

我想不明白的是风。

呼啦啦吹过罪孽，
比子弹快比炮弹快，
却没有屠戮矫捷。
那些呼啸而过的青春，
丝丝缕缕着苟且；
那些泥石砖瓦的故事，
在欲望里崩裂。
我隐约听见嘶吼的无助，
被万神轻蔑，
在孤独里息灭。
风过后一地碎屑。

我想不明白的是雨。
噼噼啪啪敲碎和谐，
泪冰寒血黏腻，
湿漉漉稚子耄耋。
那些阳光晒过的羽翼，
飞入泥沼偷窃；

那些干净的唇齿，
吃相若肆无忌惮的饕餮，
被天地一瞥，
还是不肯停歇。
雨过后山枯海竭。

我想不明白的是人。
以为从墓里可以化蝶。
于是挖土挖坑挖地穴，
譬如朝露自坠更迭。
那些曼陀罗梵城的沙，
被烈焰铸成陨铁；
那些希伯来预言的字，
勉强做末日的熨帖。
且唱且舞且生厌，
毫无敬畏的代谢；
方生方死方羞怯，
一局生物体沆瀣。

全凭后来者的理解。

我在思想的大树下过夜。
脑神经枝丫重叠，
演绎轰轰烈烈，
生长向天，
在云端盘根错节。
嘶嘶啦啦的苦涩碾过，
我在清醒里断成几截，
又被渴望撑起干瘪，
苦守黎明前的浩劫。
持戒。

这样的夜你不必说话

这样的夜

你不必说话。

月色如桂，

弥漫甜香与菁华；

目光似星，

散落到天心的烟花。

我们的爱啊，

山岚有林周始荣枯。

涧瀑缓急不止高崖。

舟行舡泊夜暖晨清。

黍熟稻香粥饭闲暇。

我在，都是浪漫，

你在，都是家。

这样的夜，
你不必说话。
颈项若雪，
也有泥泞的雪化；
唇甘如饴，
也会说诛心的话。
我的爱人哪，
只要咫尺不去天涯。
鹧鸪啁啾檐燕咿呀。
花红百日人好当下。
颔首清风抬头朝霞。
有你，一种生活。
有我，一幅画。

这样的夜，
你不必说话。

红尘浮动，
莫让潋滟湿了鞋袜；
心思潮红，
不许呢喃越过高瓦。
我们就爱吧，
梨花三月凤仙晚夏。
紫砂甘露金风玉颊。
长滩烟渚野渡船发。
骤雨初雪鬓起霜花。
你我，岁月白马。
何不同行韶华？

2/2 >>> 2/3

致她

记忆是我的镜头她的脸，
软软的皱纹她笑的眼。
无声褪色中缱绻，
一唤一回头，
还是不及她肩，
听不清她软语温言。
她与我衣御寒年，
嫘祖蚕锦丝般绵；
她与我屋遮雨檐，
娲娘五色石般坚。
她是我睁开眼的人间，
温暖执手牵；

她是我睡梦里的挂念，
却看不清容颜。
日日独行长且维艰，
夜归人没有她在门前。

记忆是纷繁琐碎的沉淀，
想起她便倏忽间沦陷。
杂沓纷至的增添，
模糊淡去的清减。
她说别腼腆，
做个情长理长俊贤，
别怕鱼龙蔓延。
她讲精卫把海填，
吃尽酸苦总会甜；
她讲女魃向北迁，
风云深处有雷电。
她是我曾经唯一的天，
教我入三界。

她此去何以不再留恋，
从此不相见？
看那青山郁郁翠蜿蜒，
唯愿绿水汤汤永相连。

（她在，我知来路回家；
她殁，我知归途是她。
——献给世间最爱我和我最爱的她。）

图书在版编目（CIP）数据

存在 / 郑羿之著. -- 北京：作家出版社，2025. 8 --
ISBN 978-7-5212-3283-7

Ⅰ. I227

中国国家版本馆CIP数据核字第20250VL816号

存 在

作　　者： 郑羿之
责任编辑： 宋辰辰
封面题字： 胡吉连
内文设计： 意匠文化 · 丁奔亮
封面设计： 小贾设计
出版发行： 作家出版社有限公司
社　　址： 北京农展馆南里10号　　**邮　　编：** 100125
电话传真： 86-10-65067186（发行中心）
86-10-65004079（总编室）
E-mail:zuojia@zuojia.net.cn
http://www.zuojiachubanshe.com
印　　刷： 河北宝昌佳彩印刷有限公司
成品尺寸： 125×185
字　　数： 114千
印　　张： 9
版　　次： 2025年8月第1版
印　　次： 2025年8月第1次印刷
ISBN　978-7-5212-3283-7
定　　价： 52. 00元